古诗词里的博物课

名花篇

——姹紫嫣红入诗画

荆方◎文/图

SPM 南方传媒 新世纪出版社
·广州·

图书在版编目（CIP）数据

古诗词里的博物课 . 姹紫嫣红入诗画 : 名花篇 / 荆方文图 . -- 广州 : 新世纪出版社 , 2024. 12.（2025.4 重印）
-- ISBN 978-7-5583-4488-6

Ⅰ . I207.2-49

中国国家版本馆 CIP 数据核字第 2024KX2276 号

出 版 人：陈志强
策划编辑：秦文剑
责任编辑：刘梦瑶　黄翩先
责任校对：庄淳楦　黄诗棋
责任技编：王　维
插图助理：梁文禧
书籍设计：俞孝军

古诗词里的博物课

名花篇

姹紫嫣红入诗画

GUSHICI LI DE BOWUKE
CHAZI-YANHONG RU SHIHUA

出版发行：新世纪出版社
（广州市越秀区大沙头四马路12号2号楼　邮政编码：510102）
经　销：全国新华书店
印　刷：广州一龙印刷有限公司
开　本：787mm × 1092mm　1/16
印　张：9
字　数：107千
版　次：2024年12月第1版
印　次：2025年4月第2次印刷
定　价：42.00元

质量监督电话：020-83797655　购书咨询电话：020-83781537

前言

春桃、夏荷、秋菊、冬梅，这些美丽的植物已经在我们的土地上被种植了上千年，它们也被诗人和画家钟爱了上千年。它们的身影不断出现在唐诗、宋词和古画里，铸造我们的精神世界，照亮我们的现实生活。

春天，门前的桃花为我们带来第一缕浪漫的遐思；夏天，池塘里的荷花为我们送来阵阵清凉；秋天，寒风里的菊花鼓励我们在逆境里坚守；冬天，雪原里的梅花点燃了希望之光。作为这块土地上的原住民，这些娇美的花朵不但美化了我们的生活，它们还将自己强大的精神力量，注入诗人和画家笔下，成为中华文化不可或缺的一部分。

特别有意思的是，这些被钟爱了千年的植物还有着非常多的实用价值——甜蜜多汁的桃子，鲜甜爽口的莲子和嫩藕，清火明目的菊花茶，酸甜可口的酸梅汤。在几千年的光阴里，它们的美不断被发现，它们的实用性不断被认可，终于变成了我们“秀外慧中”的好朋友。

让我们来认识一下这些生长在大自然里的文化遗产吧。

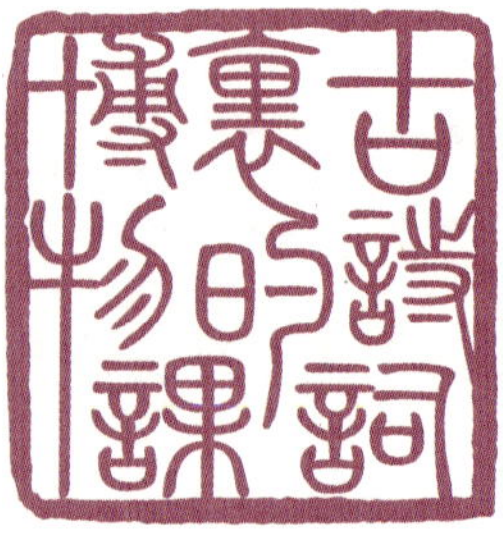
古詩詞裏的博物課

目录

第一章 桃花

桃花是最美的少女、最乐观的伴侣、最善解人意的家人。它天真烂漫，俏皮热情，许多浪漫的故事由它展开。

馆藏古诗词

诗经·周南·桃夭

桃之夭夭，灼灼其华。

之子于归，宜其室家。

桃之夭夭，有蕡（fén）其实。

之子于归，宜其家室。

桃之夭夭，其叶蓁（zhēn）蓁。

之子于归，宜其家人。

美丽的桃树繁茂灿烂，桃花明媚而鲜艳。姑娘要嫁人了，夫妻和谐又美满。美丽的桃树繁茂灿烂，桃子又大又饱满。姑娘要嫁人了，多子多福人丁旺。美丽的桃树繁茂灿烂，枝叶葱郁而茂盛。姑娘要嫁人了，家庭和睦又兴旺。

题都城南庄

［唐］崔护

去年今日此门中，
人面桃花相映红。
人面不知何处去，
桃花依旧笑春风。

在一年前的今天，这扇门的后面有一位美丽的少女，她俏丽的笑脸就像院子里的桃花，粉扑扑、红艳艳。但是一年后的今天，院子里却看不到少女可爱的笑脸，只有那一树桃花，依然开得那么鲜艳动人。

江畔独步寻花（其五）

［唐］杜甫

黄师塔前江水东，
春光懒困倚（yǐ）微风。
桃花一簇（cù）开无主，
可爱深红爱浅红？

黄师塔前一泓江水缓缓向东流淌，暖暖的春光和轻柔的微风吹得人全身都懒洋洋的。路边一大簇无主的桃花正在盛开，你看是深红色好看，还是浅粉色更好看？

行香子·树绕村庄

[宋]秦观

bēi
树绕村庄，水满陂塘。
cháng yáng
倚东风，豪兴徜徉。
小园几许，收尽春光。
有桃花红，李花白，菜花黄。
远远围墙，隐隐茅堂。
yáng
飏青旗，流水桥旁。
偶然乘兴，步过东冈。
正莺儿啼，燕儿舞，蝶儿忙。

绿树环绕着小村庄，清澈的水涨满了池塘。在春风里闲适地漫步，小小的院子不大，但是却将春天的风景都收尽了。院里有粉红的桃花，洁白的李花和娇黄的菜花。远远的围墙外，隐约可见几间草堂。小桥边飘扬着青色的酒旗的是一间小酒馆。我突然来了兴致，在黄莺的鸣叫里、燕子的飞舞里、蝴蝶的奔忙里，悠然漫步，感受春天的气息。

桃花源诗

［晋］陶渊明

嬴(yíng)氏乱天纪，贤者避其世。黄绮(qǐ)之商山，伊人亦云逝。
往迹浸复湮(yān)，来径遂芜(wú)废。相命肆(sì)农耕，日入从所憩(qì)。
桑竹垂余荫，菽稷(shū jì)随时艺。春蚕收长丝，秋熟靡(mí)王税。
荒路暧(ài)交通，鸡犬互鸣吠。俎(zǔ)豆犹古法，衣裳无新制。
童孺纵行歌，班白欢游诣(yì)。草荣识节和，木衰知风厉。
虽无纪历志，四时自成岁。怡然有余乐，于何劳智慧？
奇踪隐五百，一朝敞神界。淳薄既异源，旋复还幽蔽。
借问游方士，焉测尘嚣(xiāo)外。愿言蹑(niè)清风，高举寻吾契。

秦王嬴政祸乱朝纲，贤良的人们都不愿意生活在他的统治下。像当时隐居在商山的四位隐士一样，人们也纷纷来此隐居。来时的山路渐渐隐没了，没人看到他们来的痕迹。大家互相依靠，努力耕种，过着日出而作、日落而息的生活。山上被桑树和竹子的绿荫覆盖，各种农作物也按季节成长。春蚕结茧收取长长的丝线，秋收的时候也不用交沉重的赋税。荒草遮蔽了道路，鸡犬鸣叫应和。祭祀用的还是古代的法礼，衣服也没有新款式。孩子们歌唱玩耍，老人们悠然自乐。草木开始茂盛时就知道春天来了，草木凋零时就知道冬天来了。虽然没有日历记载时间，但是看四季的变化自然就知道了时节。怡然自得的生活，哪里需要那么多繁杂的思绪呢？这个神奇的地方存在了五百多年，今天被世人揭开了神秘的面纱。但世俗生活的浅薄和桃花源的淳朴格格不入，所以桃花源很快就消失不见了。请问世人，你们知道这个神奇的地方吗？我愿意踏着青云飞走，去寻找我的知己。

馆藏

博物知识

桃花

桃花是最早出现在古诗词里的花朵之一，在历代的诗词里，桃花都是春天的代言人。通常来说，桃花的花期是春季，因南北气候差异和地势不同，各地花期略有不同，但是无论花期早晚，桃花总是在早春时节出现在人们的视野中。盛开的桃花不仅带给人感官上的享受，还传达出温暖和煦的讯息。

桃花还有一个甜蜜的后续——桃子，这款甜美多汁的水果一直深受人们喜爱，并且也包含着长寿、吉祥等寓意。除此之外，桃树还有辟邪镇灾之说，所以从古至今跟“桃”相关的词汇都意味着美丽、丰饶和吉祥。跟桃相关的一切，总是能点燃人们的希望和热情。

桃花属于蔷薇科，花朵娇小，花形精致，嫩红的花瓣就像少女的脸蛋，所以在历代诗人笔下，桃花活泼俏丽的容颜、天真烂漫的身姿，总是那么可爱娇憨，让人怜爱。

浪漫可爱的邻家小妹

如果我们用桃花来比喻女性，那么它就是我们的邻家小妹。它天真烂漫，俏皮热情，许多浪漫的故事由它展开。它是最美的少女、最乐观的伴侣、最善解人意的家人。

夭夭

桃花虽小，但是秀美耐看，浅粉的花瓣，幼嫩的花心，精巧的花蕊，每部分都像是精雕细琢的艺术品，就像俏丽的少女。《诗经·周南·桃夭》中用两个“夭”字概括了桃花的明媚和桃树的茁壮，整棵桃树就像一簇燃烧的火把，爆发出勃勃生机，非常有感染力。

灼灼

鲜艳、明亮的样子，这两个字更加具体地描绘了桃花的色彩。“桃之夭夭，灼灼其华”这一句表达了出嫁少女娇羞、天真的样子。春天的桃花象征着希望和生命力，用来代指少女再合适不过了。少女和桃花一样，都充满着活力，是春天最美的风景线。

桃之夭夭，灼灼其华。

——《诗经·周南·桃夭》

蕡

硕大饱满的样子。“桃之夭夭，有蕡其实”这一句从桃花的美丽说到桃子的饱满甜美，暗喻少女从新娘升级为母亲。桃子是桃花的果实，也是一个少女走向成熟的标志，所以这一句让桃花的美变得更沉实、丰富。

《诗经》是中国第一部诗歌总集。它收录了从西周到春秋的305首诗歌作品，从内容上分为“风”“雅”“颂”三个部分。孔子编订过《诗经》，所以它不仅仅是一部表达古人喜怒哀乐的诗歌集，还传达了儒家的价值观，因此被奉为儒家经典。《诗经》是华夏民族诗意的开端，也是中国人立言、立行的标准。

桃之夭夭，有蕡其实。

——《诗经·周南·桃夭》

桃符

蓁蓁

茂密茁壮的样子。桃叶永远是桃花和桃子最好的护佑，它们为桃花增添色彩，为桃子遮风挡雨，它们就是桃花和桃子的家人，是桃花和桃子成长历程中不可分割的一部分。一棵桃树不光要有娇艳的桃花和饱满的桃子，还要有茂密茁壮的桃叶。“桃之夭夭，其叶蓁蓁”这一句是上一句的递进，意思是一个成熟的母亲应该使家人和睦、幸福。

桃之夭夭，其叶蓁蓁。

——《诗经·周南·桃夭》

想一想：《诗经》中这种排比递进的叙述方式，适合描写什么内容？

《诗经·周南·桃夭》是《诗经》中流传很广的一首诗，这首诗用了三个排比句，看上去似乎区别不大，但其实每一句的中心思想都截然不同。“灼灼”这一句表达的是一个妻子的责任，“蕡”这一句表达的是一个母亲的责任，“蓁蓁”这一句则表达了女性对家庭的责任。这简单的三句，阐明了女性在家庭里的重要性，以及她的责任和担当。

去年今日

崔护创作《题都城南庄》这首诗的时候，正值其长安赶考落第之际。没有考到好成绩的他来到长安城外散心，没想到有了这次魂牵梦萦的相遇。这首诗描写的时间跨度是一年。开头一句就将时间推回到一年前，采用倒叙，说明此番前来探访的前因，也说明诗人对之前的相遇记忆深刻，是一个引人入胜的开场白。这首诗寥寥几句，却讲述了一个缠绵的爱情故事，以至于引起后人的诸多猜想和加工创作。

关于这首诗的衍生创作，有一个版本是这样的：有一年春天，崔护去长安郊外散心，在一处桃花掩映的小院，邂逅了一位俏丽的少女。第二年春天，崔护又来到这个小院寻访少女，小院却空无一人。崔护在门上题下这首《题都城南庄》就离开了。过了几天他想再碰碰运气，又来到这个小院，却得知少女刚刚去世。原来，那年匆匆一面，少女就对崔护一见钟情，前几天崔护来访，少女恰好外出，她回家后看见崔护的题诗，以为永远也见不到崔护了，郁郁而终。崔护听说了这一切，冲进房子，抱住少女的尸体痛哭不已。这时候神奇的事情发生了，躺在崔护怀里的少女，慢慢张开了眼睛，复活了。最后，两人在大家的祝福和赞叹里结为夫妻。

这个故事衍生出了许多剧本，被改编成杂剧、京剧、评剧，并搬上舞台，流传了上千年。

人面桃花

少女的脸蛋和身边的桃花互相映衬，粉红的脸庞像桃花瓣一样柔媚、细嫩。诗人的这个比喻让我们看到一位亭亭玉立的少女，她的身姿就像小桃树一样婀娜，粉红色的脸颊仿佛是一朵盛开的桃花。这是非常绝妙的描写，开创了后世文人的思路，从这以后，“人面桃花”经常被用来形容女性的美。

笑

“桃花依旧笑春风”中拟人化的表述，让我们仿佛看见一簇绚烂的桃花在春风里微微摇摆，又仿佛看见那位站在桃树边的少女，正歪着头微笑。一年前笑盈盈的她，跟一年后在风中摇摆的桃花，都是那么美。

去年今日此门中，人面桃花相映红。

人面不知何处去，桃花依旧笑春风。

——［唐］崔护《题都城南庄》

春的邀请函

桃花是春的邀请函，桃花盛开，意味着阴霾和严寒过去，光明和希望来到人间。春天的勃勃生机、欣欣向荣都体现在桃花曼妙的身姿里。

深红 浅红

桃花品种有几千种，我国是桃花的故乡，品种更是繁多。桃花在中国盛开了几千年，早在唐朝，桃花就已经被培育出了很多品种。从颜色上看，桃花有深红、浅红、深粉、浅粉、雪白等多种色彩；从形态上来看，桃花有单瓣、复瓣等不同形态。各色桃花像一群慵懒可爱的少女，在暖暖的春风里向诗人撒娇，仿佛在追问：谁更美？

桃花一簇开无主，
可爱深红爱浅红？
——[唐]杜甫《江畔独步寻花（其五）》

水满

在很多描写春天的诗词里，满盈的春水都是春天的重要标志。春天正是涨潮的时候，所以江河湖海都是一片碧水荡漾。《行香子·树绕村庄》这首词创作的地点是江南水乡，江南春季多雨，小池塘里的水也满了，因此词人专门从池塘的水来展开描写春天的景色。

树绕村庄，水满陂塘。
倚东风，豪兴徜徉。
——［宋］秦观《行香子·树绕村庄》

东风

因为我国地理位置的因素，在春天的时候主要吹东风，所以东风也是春天的标志物。每当提起东风，人们就会感到希望和信心，因为它象征着一个新的开始。

我国位于北半球，在春季主要吹东风。东风从海上来，温暖潮湿，带着春天暖洋洋的温度，也带着海洋湿润的空气。在古诗词里，“东风”经常被诗人引用在描写春天和具有希望的事物中，比如朱熹的《春日》：等闲识得东风面，万紫千红总是春。

江水东

创作《江畔独步寻花（其五）》这首诗的时候，是杜甫人生中最后的快乐时光。这首诗创作于杜甫草堂，草堂坐落于今天成都市青羊区西门外美丽的浣花溪畔，而浣花溪流入锦江，所以诗句里所说的江水东，指的就是锦江。杜甫看到的这一簇桃花，是生长在锦江岸边的，繁盛的桃花和缤纷的春意扑面而来，令诗人倍感愉悦。

黄师塔前江水东，
春光懒困倚微风。
——［唐］杜甫《江畔独步寻花（其五）》

在佛教界，高僧圆寂后寺庙会为他修一座塔，相当于老百姓的坟墓。不过，只有得道高僧死后才会修塔，普通僧人是没有的。黄师塔就是一位姓黄的高僧的坟墓。这些塔的高低和大小，则是由僧人生前的成就确定的，七层是最高等级。俗语“救人一命，胜造七级浮屠”中的“七级浮屠”就是七层塔。河南登封的少林寺，有着中国最大的塔林，一共有 241 座塔，这里埋葬着从唐代到清代的众多高僧。

桃花　李花　菜花

词人将属于春天的三种花摆在一起，让我们得到一种视觉上的享受。红、白、黄三种颜色交相辉映，绚烂多姿，这正是春天特有的风景线。

小园几许，收尽春光。
有桃花红，李花白，菜花黄。
——[宋]秦观《行香子·树绕村庄》

莺儿　燕儿　蝶儿

黄莺和燕子都是候鸟，它们在春天飞来，秋天飞走；蝴蝶是万物复苏的标志。在古人的眼里，是它们带来了春天。词人抓住这三个可爱的“小精灵”的特点，用白描和罗列的手法写出了春天花园里的热闹，这种罗列不显得啰唆，反而给人热闹、眼花缭乱的既视感。正是因为词人细腻的描写，使读者对春天有了沉浸式的体验。

偶然乘兴，步过东冈。
正莺儿啼，燕儿舞，蝶儿忙。
——［宋］秦观《行香子·树绕村庄》

自由欢愉的世外桃源

如果说桃花的寓意是丰饶和吉祥，那么陶渊明将这寓意尽情展开在《桃花源诗》里。他用桃花作为陪衬，构建了一个人人平等、自给自足的理想社会。从这首诗开始，桃花更多了一层自由和逍遥的“世外桃源”含义。

嬴氏

秦始皇。秦始皇本名嬴政，所以诗人称他为嬴氏。秦始皇灭六国，完成了统一中国的大业，大大促进了社会的发展。但是他统治期间徭役严重、法律严酷，因此诗人把秦始皇统治时期认定为乱世。

嬴氏乱天纪，贤者避其世。
黄绮之商山，伊人亦云逝。
——［晋］陶渊明《桃花源诗》

黄绮

秦朝末年，有四位德高望重的贤良大臣，他们号称东园公、夏黄公、绮里季、甪（lù）里先生。《桃花源诗》中的“黄绮”，就是指夏黄公和绮里季。他们四人因不满秦始皇的暴行，不愿意再做官，隐居在陕西省商洛市境内的商山中，过着远离人世的生活。因为他们年纪很大，头发和眉毛都是雪白的，后人就称呼他们为“商山四皓”。后来大家经常用这个典故来代指有名望的隐士和世外高人。

这篇《桃花源诗》的序言就是《桃花源记》。《桃花源记》是我们都非常熟悉的古文，也是陶渊明的代表作之一。古代诗人写诗之前，有时候会在前面加一个序，交代一下这首诗的创作背景等，比如苏轼的《水调歌头·明月几时有》，就在序中说明自己在中秋节喝醉了，写下这首词。

《桃花源记》和《桃花源诗》描述了一个没有战乱和饥饿，人人自食其力的美好家园。从这首诗开始，“桃花源”就成了理想社会的代名词，深深启迪了后世文人。而陶渊明没有想到的是，他为这首诗作的序，倒比诗本身更受欢迎、流传更广。

菽稷

菽，豆子。稷，谷子。菽和稷都是“五谷”家族的成员，五谷一般是指稻、黍、稷、麦、菽，它们都是人类赖以生存的粮食，也是非常重要的农作物。诗人在这里用这两种最常见、生活中离不开的农作物，来表示生活在桃花源的人们富足安康。

稷在古代有三种不同的含义，一是谷子，二是不黏的黍，三是高粱。中国以农业立国，所以土地和粮食是一国之本。百姓最大的心愿就是五谷丰登，历代君王也都祈求大丰收。“社”代表土地，“稷”就代表粮食，“社稷”合在一起，就代指整个国家。从这个词，我们也可以看出粮食对我们的重要性。

桑竹垂余荫，菽稷随时艺。

——［晋］陶渊明《桃花源诗》

俎 豆

俎，盛食物的器皿，长方形，下面有四条腿，是祭祀时用来装大块肉类的。豆，形似高脚的碗或者盘，也是盛食物的器皿，比俎小一点，是祭祀时用来盛肉或者调味食物的。这两种器皿都是祭祀用的礼器，放在一起，就是代指祭祀的意思。

俎，在古代是常用的器皿，很多古籍都提到过它，我们现在应用的成语也有它的身影。在这些成语里，它有时候是切肉用的案板，有时候是盛肉用的大盘子。例如“越俎代庖”，出自《庄子·逍遥游》，原意是一个人扔下祭祀的礼器去代替厨师做饭。延伸意思是插手别人的事情，做自己不该做的事。还有“人为刀俎，我为鱼肉”，出自《史记·项羽本纪》，意思是别人是刀和案板，我就是躺在案板上任人宰割的鱼和肉。

俎豆犹古法，衣裳无新制。
——［晋］陶渊明《桃花源诗》

童孺　班白

童孺指小孩子，班白指老人。诗人在这里特意用孩子和老人的状态，来描绘桃花源的安宁、美好。在这个没有剥削和压迫、人人安居乐业的美好家园，即便是最弱小的儿童和失去劳动能力的老人，也能得到很好的照顾，不会忍受饥饿和遭遇战乱。

五百

五百年。这是一个虚指的数字，代表很多年。桃花源从秦末开始，历经了秦、汉、魏、晋四个朝代，到了陶渊明所在的东晋实际早就超越五百年了。诗人用这个数字来说明桃花源的隐秘和神奇。试想一下，一个忽隐忽现，却一直存在人世间的乐土，多么令人遐想和神往啊！

童孺纵行歌，班白欢游诣。

……

奇踪隐五百，一朝敞神界。

——［晋］陶渊明《桃花源诗》

桃子美食

桃花灿烂，桃子甜美。桃子酸甜适中，饱满多汁，营养价值也很高，它富含蛋白质、脂肪、膳食纤维、多种维生素等，甚至还具有补血的功效呢。所以桃子从古至今都是非常受欢迎的水果，用桃子制作的小零食也深受人们的喜爱。

桃圈

桃圈是一款蜜饯，它的制作非常简单。具体制作方法是，将大颗的水蜜桃清洗干净，用一个特制的圆柱形铁皮筒，插进桃子底部用力一捅，将桃核去掉。然后将去掉桃核的桃子切成薄薄的片，将这些桃片晒干，桃圈就做成了。也可以将切好的桃片放在冰糖水或者蜂蜜水中浸泡一下再晒干，这样的桃圈甜味更浓郁。

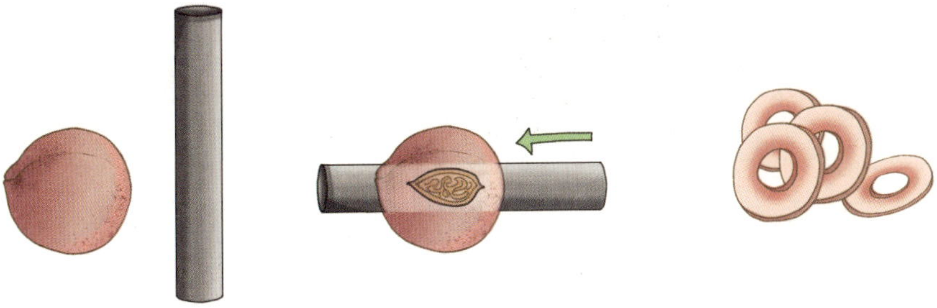

因为去掉了桃核，切成薄片的桃子就像一个个晶莹透亮的小圆圈，故名桃圈。别看它制作简单，它可流传了一千多年呢，早在北宋时候，大家就喜欢把桃圈当零食吃了。

水果沙拉

桃子成熟的季节正是初夏，桃子跟其他夏季水果搭配，可以做成清凉爽口的水果沙拉。具体制作方法是，将桃子清洗干净，去皮，去核，切成两厘米见方的小丁，然后搭配一些其他水果，比如苹果、葡萄、香蕉等，也切成丁，将切好的水果丁放进一只大碗里，浇上无糖酸奶，就做成了一款既营养又健康的夏季美食。

馆藏

古代名画

《桃花源图》

诗是有声的画，画是无声的诗。在古代，诗与画是分不开的，往往诗中有画意，画中有诗情。结合一幅经典古画，我们能够发现许多有意思的场景，从而辅助我们理解古诗词中的世界。

《桃花源图》

《桃花源图》是明代画家仇英的作品。

仇英出身于穷苦人家，自幼没读过太多书，很小就去做了油漆匠，靠为建筑画彩绘为生。但是仇英热爱绘画，一直没有停止刻苦练习和拜师学艺。渐渐地，仇英的作品终于被世人所欣赏。晚年时，他和沈周、文徵明、唐寅并称“明四家”。

仇英的作画题材特别广泛，无论是花鸟、山水还是人物，他都掌握得得心应手。同时他的画风细腻、工整，特别注重对细节的刻画，所以他的画就像是一篇叙事长诗，里面埋藏着很多有趣的小线索，供我们去发现和探索。《桃花源图》长四米多，宽三十多厘米，是根据陶渊明《桃花源记》和《桃花源诗》创作的。这幅画从右至左，用连绵的青山作背景，青翠茂盛的树木和无处不在的桃花作陪衬，展现了一个宁静、祥和的小村落。整幅画人物生动，情节丰富，就像一幅多场景的连环画，每一个场景都能找到跟原诗相关的元素，大家能找出来吗？

从一个洞口开始

在画卷刚展开的地方，群山交错间，有一个小小的洞口，这是整幅画的开端，也是故事的起源。在这个小小的洞口里，有一位白衣渔夫正往洞的深处探索前行。根据《桃花源记》的描述，一位渔夫在桃花掩映的深山处发现了一个山洞，他顺着山洞钻进去，发现自己来到了世外桃源。其实，在中国古代文学作品里，山洞经常代表着仙境的入口。在很多跟山洞有关的故事里，主人公都是通过山洞走入另一个世界，过上了富足的生活。而在这幅画里，画家将这种寻找“洞天福地”的情景刻画得非常生动。

《桃花源图》局部

随着画面展开，在山洞另一边的桃源仙境里，首先进入视线的是一片阡陌纵横的田野，以及田野边茂盛的桑树和竹林，这也跟原诗里“桑竹垂余荫，菽稷随时艺”的情景巧妙应和。展现了桃花源里的人们，自给自足、辛勤劳动的悠然生活场景。

《桃花源图》局部

无忧无虑的孩子们

在这幅画里，画家画了许多孩子。这些孩子年龄大小不等，神态、动作各异，但是他们都有一个共同的特征，我们来看看是什么特征。

第一个出现的孩子年龄相对较大，梳着两个发髻，他已经能帮大人做一点农活了，他手提瓦罐走在田埂上，身后跟着一个扛着锄头的大人，两人边走边聊，应该是准备去田地里劳作，他提着的瓦罐里装着两人的午饭。第二个出现的男孩最好玩，他身穿鲜艳的红衣，蹑手蹑脚地前行，从他低着头聚精会神的样子我们能推测出，他可能正准备捉一只花丛里的蝴蝶，或者是一只草丛里的蚂蚱。而他后面不远处还有一个青衫少年，这位少年正将红衣男孩指给身边的长者看，似乎在说：“你看，他多调皮。而我就不会这样乱跑。”

《桃花源图》局部

《桃花源图》局部

《桃花源图》局部

这是画面里几个比较大的孩子，在画面里还有几个年龄小一点的孩子，他们有的被母亲牵着手，蹦蹦跳跳地准备去散步；有的边跑边招呼同伴；还有几个好奇地挤在农舍的大门外，从妈妈的腿边挤出一张脸，偷偷向屋里打量，研究来这村子里的陌生访客。

这些孩子无论多大年龄，无论在做什么，都呈现出活泼欢快的特征，他们的生活状态，从侧面体现了桃源仙境的恬静、富足和安全。这些无忧无虑的孩子，生活在远离战争、饥饿和穷困的乌托邦，正体现了“童孺纵行歌”的美好境界。

第二章 荷花

荷花就像雍容华美的大家闺秀，美丽、丰满的花瓣，代表着富足、舒适的生活，丰硕的莲蓬和莲藕，有着多子多福的寓意。

馆藏古诗词

采莲曲（其二）

［唐］王昌龄

荷叶罗裙一色裁，
芙蓉向脸两边开。
乱入池中看不见，
闻歌始觉有人来。

池上

［唐］白居易

小娃撑小艇（tǐng），
偷采白莲回。
不解藏踪迹，
浮萍一道开。

碧绿的荷叶和碧绿的纱裙，就像是一块布料裁出来的。红扑扑的花瓣和姑娘红扑扑的脸蛋相互映照。她的身影隐没在绿叶红花之中，分不清哪儿是人，哪儿是花，听到一阵悦耳的歌声才知道她已经划着小船过来。

小娃娃撑着采莲的小船在荷塘里穿行，他是瞒着大人偷偷去采白莲花去了。但是他忘记隐藏自己的行踪，随着他的小船在水面滑过，水面上的浮萍被切开了一道水线，一看就知道是有船经过。

小池

[宋]杨万里

泉眼无声惜细流，
树阴照水爱晴柔。
小荷才露尖尖角，
早有蜻蜓立上头。

晓出净慈寺送林子方

[宋]杨万里

毕竟西湖六月中，
风光不与四时同。
接天莲叶无穷碧，
映日荷花别样红。

小泉眼冒出的细细水流，就像珍贵的甘露，轻柔的夏风吹过岸边的大树，大树的倒影投在水面。水面上小小的荷叶，才露出未展开的尖尖角儿，就有好奇的蜻蜓注意到，飞来光顾了。

六月的西湖，果然风光无限，跟其他季节完全不同。辽阔的水面铺着层层荷叶，一层层叠加上去与天空相接，像天边的碧绿云彩。阳光下亭亭玉立的荷花，分外娇艳可爱。

江南

汉乐府

江南可采莲，莲叶何田田。鱼戏莲叶间。

鱼戏莲叶东，鱼戏莲叶西，

鱼戏莲叶南，鱼戏莲叶北。

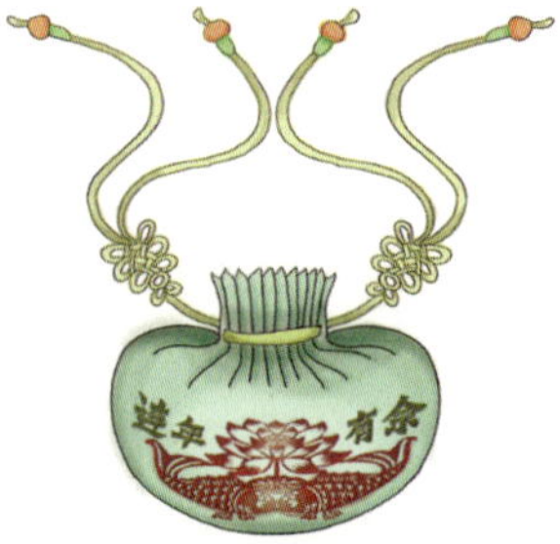

江南到了可以采莲的季节了，圆润宽大的荷叶，层层叠叠地覆盖在水面上，一望无际。欢快的小鱼们穿行在水中，围着荷叶捉迷藏，它们一会儿游到东，一会儿游到西；一会儿游到南，一会儿游到北。

馆藏
博物知识

荷 花

荷花

荷花是莲科草本水生植物，所以也被叫作莲花，在诗词里“荷花”“莲花”实际上指的都是同一种花。荷花的花期是夏季，因南北气候差异和地势不同，各地花期略有不同。中国很早就开始人工种植荷花，有记载的历史就有三千年。荷花是很早就入诗的花卉，在《诗经》中就有描写荷花的诗歌。荷花的天然生长习性——出淤泥而不染，是诗人们热爱歌颂的。佛教传入中国后，荷花又戴上圣洁、虔诚的光环，更加受到诗人们的喜爱。从古至今，以荷花为题材的诗画作品特别多，荷花已成为中国艺术领域的经典题材。

荷花实用价值非常高，全株都可以入药，而莲蓬、莲子和莲藕，又是美味的食物，因此荷花不但具有审美价值，还具有很高的实用性，在老百姓的生活里一直有着不可替代的位置。中国很多地区都广泛种植荷花，荷花也成为广东肇庆、山东济南、河南许昌等多个城市的市花。

荷叶盖罐

雍容华美的大家闺秀

如果我们用荷花比喻女性，它就像雍容华美的大家闺秀。无论是美丽、丰满的花瓣，还是丰硕的莲蓬和莲藕，都代表着富足、舒适的生活，而白胖可爱的莲子就是荷花的孩子，所以荷花自古又有多子多福的寓意。

田田

荷叶一片连着一片，显得茂盛丰满。《江南》这首汉乐府诗中没有直接描写荷花的美丽，却描述了荷叶的圆润宽阔，让读者由此联想到荷叶上的花、荷叶下的莲蓬也是那么茁壮和茂盛，是很巧妙的写作手法。

江南可采莲，莲叶何田田。

鱼戏莲叶间。

——汉乐府《江南》

鲤鱼跳龙门

中国传统文化中，鱼是常见的吉祥图案。从新石器时代的半坡鱼纹开始，历朝历代都有对鱼的崇拜和描绘。鱼和不同元素搭配就有不同寓意。“鱼戏莲”表达了男女之间追逐嬉戏的意思。鱼和莲在一起，还有“连年有余”的含义。“鲤鱼跳龙门”，则是希望在学业和工作上有所进步。这些跟鱼相关的题材不光被写进诗歌里，还体现在绘画、雕刻、绣品、剪纸等艺术作品里。

鱼戏莲

小鱼在清澈的荷塘里，围绕着荷花欢快地玩耍，这是一幅非常唯美和经典的画面。在古代，“鱼戏莲”是个经典题材，用来表现青年男女之间追逐嬉戏。

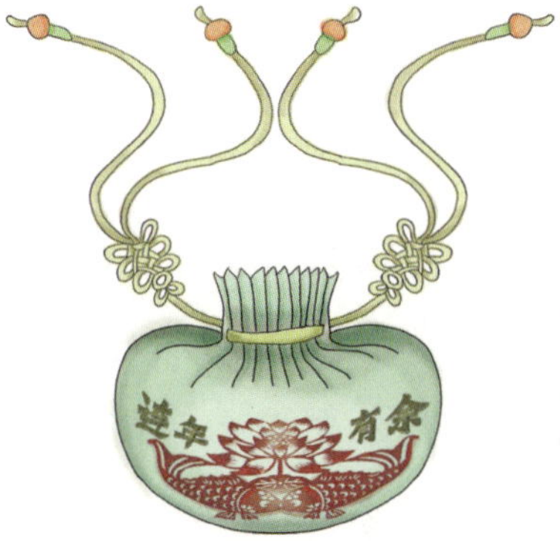

连年有余香囊

江南可采莲，莲叶何田田。
鱼戏莲叶间。
—— 汉乐府《江南》

东西南北

诗人在这里用了一个长长的排比句，来表达鱼儿的活跃和欢快。这种排比句非常符合乐府诗歌的唱诵方式。从这四个方位词来看，我们能感受到鱼儿畅游的方向是以莲花为中心进行的。这种描述方式很形象，又不显得啰唆，十分有趣。

鱼戏莲叶东，鱼戏莲叶西，鱼戏莲叶南，鱼戏莲叶北。

——汉乐府《江南》

“少壮不努力，老大徒伤悲。”出自哪一首诗？它是乐府诗吗？

我们在学习古诗词的时候经常能看到“汉乐府”的字样，乐府是汉朝的专业音乐机构，它起源于秦朝，在汉朝正式确立并且扩大规模。汉朝皇帝很重视音乐，他们从乐府派人去民间收集大量的民歌和诗歌，然后把它们整理、编辑成朗朗上口的歌曲，在大型宴会或者祭祀的时候演奏和演唱。这些被发现和整理的民间诗歌也因此广为流传，后世将这些诗歌称为“乐府诗”，也称“乐府”。《木兰诗》和《孔雀东南飞》，都是乐府诗，这两首诗歌被称为“乐府双壁”。

采莲曲

《诗经》里面有三首诗描写了荷花，这三首诗都跟爱情和女性相关。从那时候开始，荷花就有爱情的寓意，因此“采莲”这个题材，基本都是描写爱情和女性的。不少诗人都曾借“采莲”这个题材创作过诗歌，咏唱令人心动的爱情。

罗裙

中国是丝绸的原产地，自古就有很多丝绸品类。比如我们常说的绫、罗、绸、缎，分别是指四种质地不同、用途不同的丝织品。罗，是一种比较轻薄、透气的丝织品，经常用作夏季衣料。

荷叶罗裙一色裁，
芙蓉向脸两边开。
——［唐］王昌龄《采莲曲（其二）》

芙蓉

荷花作为古代诗人们喜爱的花卉，还有许多的别称，比如：芙蓉、芙蕖、菡萏、藕花等。当看到这些别称，就应该明白这都是指荷花。诗人在这里用荷花花瓣比喻女孩子的脸蛋，其甜美和粉嫩跃然纸上。

王昌龄是著名的边塞诗人，他的诗作风格雄浑刚勇，但是《采莲曲（其二）》这首爱情诗却写得十分柔美动人，这是为什么呢？因为王昌龄创作这首诗的时候，正被贬谪到龙标，在远离都市的乡野，他遇见了当地酋长的公主阿朵，阿朵唱着歌，划着船，在开满荷花的池塘里穿行，那动人的场景深深地拨动了王昌龄的心弦，于是他创作了这首诗。

美丽圣洁的荷塘风景

荷塘是我国夏日常见的风景，古人十分喜欢种植荷花，有水塘的地方就一定会种上一片荷花。而自从佛教传入中国，荷花又多了一层圣洁的含义，很多寺庙也都有自己的荷花池。

小艇

夏季的荷塘，荷叶非常茂密，宽大的荷叶和亭亭玉立的荷花，在水面上层层叠叠地铺开，稍微大一点的船不能在其中通行，故此采莲的小船都比较小，叫小艇。在“小娃撑小艇，偷采白莲回”这

句诗中，无论是小艇还是小娃，我们都能从中感觉到一种童真和童趣。诗人从旁观者的角度，描述了一个调皮的小娃娃偷采白莲的过程，让我们仿佛看到了一幅夏日荷塘的风趣漫画。

中国是荷花的原产地，已经有几千年的人工种植历史。古代有记载的荷花大都是粉红色，白色荷花（白莲花）十分稀少，是非常珍贵的品种。白居易十分喜爱白莲花，他在苏州做官时，在自己的园子里种植了白莲花。他还写了大量关于白莲花的诗歌。后来白居易定居洛阳，将白莲花种子也带回洛阳，从此洛阳才有了白莲花。

白莲

白色的莲花。也有人说这里的白莲应该是指白色的莲子。对于馋嘴的小娃娃来说，夏天的莲子又脆又甜，是最直接的诱惑。所以白嫩圆润的莲子，可能才是吸引他偷偷划船去采摘的动力。

小娃撑小艇，
偷采白莲回。
——［唐］白居易《池上》

惜

诗人用了一个拟人化的词，来表达这条小泉流的晶莹可爱。就好像泉水是珍珠，十分珍贵，所以只从细小的泉眼里慢慢流出来。我们似乎看到一条涓涓细流，在阳光下闪着光，像流淌的珍珠一样，蜿蜒向前。

泉眼无声惜细流，
树阴照水爱晴柔。
小荷才露尖尖角，
早有蜻蜓立上头。
——［宋］杨万里《小池》

小荷

荷叶在初长出来的时候，并不是舒展开的大叶子，而是卷成筒状的，像个一头尖尖的竹笋，又像一朵含苞待放的花蕾，颜色也是稍浅的嫩绿色。随着时间的流逝，叶片慢慢展开，一个圆圆的硕大荷叶就出现了，颜色也变成碧绿色。“小荷才露尖尖角，早有蜻蜓立上头”这句诗用非常巧妙的比喻，描述了一件新生事物的出现，立刻会引起周围的注意。也从侧面隐喻了一个才华横溢的人，即便是展露一点点，也会受到很多关注。

也有人说，诗人说的“尖尖角”，是指荷花的花蕾。荷花每天清晨六点多开花，中午过后，荷花的花瓣就闭合起来，回到了花蕾的状态。它每天周而复始，清晨开放、午后闭合，几天之后彻底凋零。所以，荷花的花蕾并不一定是新出现的，这跟诗人形容的新生事物，不太符合。

净慈寺

净慈寺历史悠久，始建于五代十国时期，原名永明禅院，在南宋时改名为净慈报恩光孝禅寺，是西湖历史上的四大名刹之一。坐落于西湖南岸的净慈寺，跟坐落于西湖北岸的灵隐寺，被誉为西湖南北两大名寺。荷花是佛教的吉祥之花，所以古代寺庙里也会种植荷花，表达虔诚之意。

晓

清晨太阳才刚升起的时候。这是诗人在清晨看到的西湖景色，荷花的开放时间跟太阳升起的时间一致，所以清晨的荷花正在盛开中，辽阔的西湖看上去姹紫嫣红，碧水红花争奇斗艳，非常壮美。

净慈寺坐落于西湖边的南屏山畔，明代时，寺庙铸了一口10吨的巨钟，钟声十分嘹亮。南屏山的山石有很多洞孔，同时岩石林立，像回音壁一样传音。每天黄昏钟声响起，通过洞孔和岩石形成共振，声音能传出很远，甚至可以沿着西湖水面传到对岸，大半个杭州城里都回荡着悠扬的钟声，给人以旷远、清幽的享受。因此“南屏晚钟”成为西湖十景之一，流传至今。

四时

四季。杭州西湖是中国著名的景区，一年四季都有独特的风景。春季，在蒙蒙春雨中观赏湖水的浩渺；秋季，在五彩斑斓的枫叶里观赏两岸山色；冬季，在白雪飘飞的时刻观赏断桥残雪；而夏季，就是观赏荷花的最美时节。诗人在这里专门强调了四季风景，有了这一句的铺垫，下面两句点出荷花的别样风情，才显得格外动人。

> 毕竟西湖六月中，
> 风光不与四时同。
> ——[宋]杨万里《晓出净慈寺送林子方》

别样红

形容荷花特别不一样的红艳。诗人在整首诗里都强调西湖六月的风光绝美，从开篇一句到最后一句，他叙述了夏季的西湖跟春、冬、秋不同，而夏季的西湖又数六月最美。林子方和诗人是好朋友，此刻林子方被皇帝委派去福州做官，林子方很高兴，而诗人却觉得此去福州未必是最好的选择。所以他希望用西湖绝美的风光，挽留即将离去的林子方。

接天莲叶无穷碧，
映日荷花别样红。
——[宋]杨万里《晓出净慈寺送林子方》

荷花美食

作为一种植物，荷花的全身都是可以食用的。荷花的根茎是莲藕，它是我们餐桌上常见的菜肴，荷花凋零后结的莲子，是药食同源的珍贵食材。就连美丽的荷花和荷叶，也能做成好吃的食物呢。不信？那就让我们来看看这两款食材会带来什么惊喜吧。

软炸荷花

挑选无污染的荷花，最好是含苞待放的鲜嫩荷花，取下花瓣，清洗干净，用绵纸吸干表面水分。准备一小碗面粉，打一个鸡蛋进去，加水调成糊状，放少许盐。起锅烧油，油锅刚冒烟时，将荷花瓣放进面糊拖一下，保证面糊均匀覆盖了花瓣，然后将花瓣放入油锅，温火炸至金黄，捞出摆盘，撒上白糖就可以吃了。这道菜甜咸适中，外面酥松，里面的荷花清香脆软。软炸荷花是享誉山东的一道名菜。

荷叶粥

准备一张新鲜无污染的荷叶，清洗干净待用。取糯米适量，淘洗干净，放入砂锅，加水熬粥。熬到八成熟时，将荷叶整张倒扣在粥面上，盖上锅盖焖煮一会，再次打开锅盖，取出荷叶，这时候满锅的白粥就变成了晶莹的淡绿色，并且散发着荷叶的清香，吃时撒入冰糖，清甜可口。荷叶粥清热凉血，是夏季佳品。

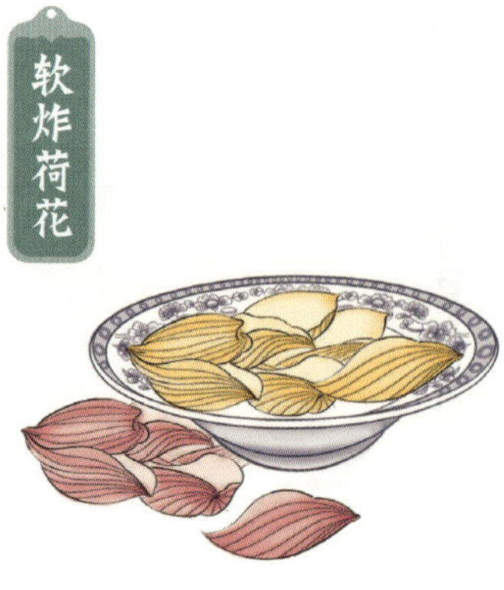

馆藏

古代名画

《荷花鸳鸯图》

《荷花鸳鸯图》是明代画家陈洪绶的作品。

陈洪绶是中国美术史上的一代宗师。他的画风格奇绝，古朴苍劲，深深影响了后世画家。陈洪绶跟荷花的缘分很深，据说他还没出生时，他父亲做梦有人送了一颗莲子给自己，于是父亲就给陈洪绶起了一个小名“莲子”。后来陈洪绶年纪大了，就将自己的号改为“老莲”。陈洪绶酷爱画荷花，留下了很多跟荷花相关的作品，这幅《荷花鸳鸯图》是其中最精彩的一幅。

《荷花鸳鸯图》高约一米八，宽约一米，是一幅彩色工笔画。整幅画描绘了夏日荷塘的一角，画面的主角是几枝亭亭玉立的荷花，饱满的花瓣粉嫩娇艳，翠绿的荷叶婀娜多姿。荷花的下面是一对鸳鸯，荷花的上方有一对蝴蝶。鸳鸯和蝴蝶的灵动，衬托出荷花的典雅娴静，显得非常和谐。在山石后面的那片荷叶上，还藏着一只小小的青蛙，它俯卧在荷叶上，目视前方，似乎随时准备扑出去捕捉猎物。

我们前面讲过，荷花代表着女性和爱情，这一层含义在这幅画里也体现了出来，大家看出来体现在哪些地方了吗？

《荷花鸳鸯图》

不同年龄的美

在这幅画面里，出现了四朵荷花，这四朵荷花各不相同。左边的第一朵是花苞，还未绽开。它娇小柔弱，就像一位女童躲在姐姐们的身后。在它旁边最高的那一朵，稍微绽开了一个花瓣，就像一位青涩的少女。而最右边那一朵虽然被画面截断了一半，但是也能看出来它已经从懵懂走向成熟——展开了三四个花瓣了。最华丽、最成熟的，莫过于中间的这位“小姐姐”了，它的花瓣圆润饱满，片片舒展，在花瓣的中间，还露出了缀满莲子的莲蓬。

如果说荷花是女性的象征，我们在这幅画里看到了女性从幼嫩到茁壮的四个阶段，作者用非常准确和细腻的笔法，用荷花隐喻了女性不同阶段的美好。

《荷花鸳鸯图》局部

鸳鸯

在画面的下方是这幅画的画眼，也就是这幅画的点睛之笔。为什么说这里是画眼呢？因为这里藏着自然界最恩爱的动物——鸳鸯。画面里清浅的水塘上，点点浮萍之间，一对鸳鸯在荷花的荫护下走走停停，优美缠绵。

这两只鸳鸯并没有并排栖息在一起，它们的动态特别耐人寻味。体形稍大的公鸳鸯躲在山石下面，似乎耐不住夏日的炎热，半眯着眼睛在小睡。身体灵活的母鸳鸯活泼好动。两只鸳鸯虽然有距离，但是从它们的身体语言依然能看出伴侣间的默契。

荷花是一种非常美丽的花，它和很多其他元素组合在一起，都能形成有趣的新画面。无论是荷花鸳鸯，荷花蝴蝶，还是鱼戏荷花，在画家的笔下都那么生动、有趣。

《荷花鸳鸯图》局部

第三章 菊花

菊花不惧风霜，勇敢顽强，它就是扶危济困的女侠。为了心中的正义，它敢于挑战黑暗、对抗不公。

馆藏

古诗词

题菊花

[唐]黄巢

飒飒西风满院栽，
蕊寒香冷蝶难来。
他年我若为青帝，
报与桃花一处开。

寒菊

[宋]郑思肖

花开不并百花丛，
独立疏篱趣未穷。
宁可枝头抱香死，
何曾吹落北风中。

凛冽的秋风吹动着满院子的菊花，娇嫩的花蕊被寒意笼罩，连花香也带着凉意，蝴蝶也不见踪影。有朝一日我若成为花神的话，我一定要让菊花和桃花一起在春天盛开。

菊花在深秋独自开放，它不与百花为伍，孤独的身影傲立在稀疏的竹篱笆边，有着超然、清高的审美趣味。菊花宁愿带着残香枯萎在枝头，也绝不会因北风吹拂而在空中飘落。

饮酒（其五）

［晋］陶渊明

结庐在人境，而无车马喧(xuān)。
问君何能尔？心远地自偏。
采菊东篱下，悠然见南山。
山气日夕佳，飞鸟相与还。
此中有真意，欲辨已忘言。

将房子建造在闹市区，却感觉不到车马来往的喧闹。这是为什么呢？因为心境悠远，远离世俗，居住地也就显得偏僻清静了。在院子的东篱笆边采菊花，一抬头就能望见远处的南山。黄昏时候的山色苍茫，轻雾环绕，飞鸟掠过山脉，结伴回巢。这景色蕴含着人生真正的意义，有很多想要分辨清楚，话到嘴边却忘了怎样表达。

菊

［唐］李商隐

暗暗淡淡紫，融融冶(yě)冶黄。
陶令篱边色，罗含宅里香。
几时禁重露，实是怯残阳。
愿泛金鹦鹉(yīng wǔ)，升君白玉堂。

浅浅淡淡的紫色，润泽妖艳的黄色，这是陶渊明篱笆边的色彩，这是罗含庭院里的幽香。菊花能禁得起寒露的侵袭，但是却害怕日暮时的残阳。它可以制成菊花酒，装在鹦鹉杯中，摆在厅堂之上，供贵人饮用。

过故人庄

［唐］孟浩然

故人具鸡黍(shǔ)，邀我至田家。
绿树村边合，青山郭外斜。
开轩面场圃，把酒话桑麻。
待到重阳日，还来就菊花。

老朋友准备了丰盛的饭菜，邀请我去他的田庄做客。挺拔的绿树围绕着小村茂密生长，青翠的远山映衬在村子围墙的外面。打开窗子就能看到打谷场和苗圃，坐在窗边喝着酒讨论着农事，田园生活太惬意了。待到重阳节菊花开放时，我还要来玩耍。

馆藏博物知识

菊花

菊花是中国十大名花之一。早在三千年前古人就注意到，秋末冬初大地一片萧瑟，只有成片的野菊花呈现出金黄的色泽，就像冬日的太阳一样令人心暖。菊花在中国广泛种植，是北京、太原、开封等多个城市的市花。

中国人喜爱菊花、研究菊花由来已久，宋朝就有专门记录菊花的专著，那时候菊花品种只有几十种，到了明清时期，人们就培育出了几百种菊花的品种，颜色也从单一的黄色演变成了五颜六色。同时，菊花从中国传到了世界各地。目前全世界的菊花，都源自中国。

菊花在中国文人雅士的眼里，一直具有勇敢坚强的寓意。在风霜席卷的大地上，在其他鲜花和绿叶都枯萎凋零的时刻，只有菊花还在枝头怒放。它的花期特别长，这小小的暖阳是真正的逆行者。故此菊花有着花中“君子”的美誉，是国画里的四君子之一。

菊花除了观赏价值外，实用性也很强。菊花泡的茶有清热解毒的功效；菊花泡酒，古人称为“长寿酒”；在植物稀少的冬季，菊花还能成为餐桌上的一道佳肴，为人们提供身体所需的维生素。

义薄云天的侠客

不惧风霜的菊花具有坚守和顽强的精神特征，如果将它比喻成人的话，它就是扶危济困、挑战黑暗的侠客。为了心中的正义，它敢于对抗任何强大的恶势力。

重露

这里是指寒露节气。寒露是秋季的第五个节气，在农历九月。此时天气越来越冷，北方有的地区夜晚会降到零摄氏度左右，昼夜温差加大，清晨植物表面会结霜。而菊花的花期正好在寒露期间，诗人用重露来表达菊花凌霜盛开的坚强和不屈。

几时禁重露，实是怯残阳。

——［唐］李商隐《菊》

抱香死

菊科植物有一个特别的生长现象，当花朵枯萎的时候，它不会像桃花、杏花一样凋零，任由花瓣飘落风雨中、跌落在泥泞里，而是会整朵花干枯在枝头，看上去就像死守阵地的战士，宁死不屈。诗人用菊花这个生物特点，抒发自己绝对不向侵略者妥协的志气。

宁可枝头抱香死，
何曾吹落北风中。
——［宋］郑思肖《寒菊》

北风

郑思肖是南宋爱国主义诗人，南宋灭亡后，他不肯屈服于蒙元统治阶级，将来自北方的蒙古族统治者称为“北风”，形象地描述了统治阶级的残酷和人民痛苦的境遇。同时，北风也经常被用来营造肃杀、凛冽的氛围。

郑思肖，原名之因，他是南宋末期著名诗人、画家。南宋灭亡后他将名字改为思肖，因肖是“趙”（趙是赵的繁体字，赵是宋的国姓）的构成部分。他隐居在寺庙，每天坐卧脸都朝南，表示不忘故国。他一生坎坷、凄苦，但一直保持民族气节，不臣服蒙元的统治，对大宋怀有深切的眷恋和怀念，创作了大量爱国主义诗歌。

西风

按照中国的地理位置，每到冬季，冷空气就从西伯利亚高压区向东南沿海低压区吹来，形成西北风。因此西北风或者偏西风，是中国冬天常见的天气现象。每年进入秋季后，寒冷的西北风就逐渐占据天气舞台，直到来年春季才撤退。因此在古诗词里，无论是北风还是西风，代表的就是寒冷的天气。

满院栽

菊花是中国常见花卉，民间种植十分普遍。进入秋季以后，鲜花都抵挡不住秋风的肆虐，均销声匿迹，只有菊花应季而来，傲然绽放。所以农历九月也叫“菊月”。诗人特意用“西风”来强调生存环境的严酷，用“满院栽”来表达菊花强大的生命力，以及广大的群众基础。

飒飒西风满院栽，
蕊寒香冷蝶难来。
他年我若为青帝，
报与桃花一处开。
——［唐］黄巢《题菊花》

青帝

在中国传统文化里，天地万物都有相应的神仙管理。青帝是春天之神，也是百花之神，他管理百花开放的时间和花期长短等。

黄巢是唐朝末年的起义军领袖。他出身盐商家庭，少年颇有诗才，据说《题菊花》是他少年时所创作的。除此之外他还写过其他菊花诗，全都是借物咏志。他的菊花诗，跟其他诗人的作品有着巨大的不同。他笔下的菊花有着平凡却不屈的灵魂，带有强烈的反叛精神。在他看来，菊花代表着千千万万的劳动人民，而他们渴望推翻腐朽的唐王朝，改变命运。

淡泊飘逸的隐者

菊花是中国最古老、最受喜爱的植物之一。菊花耐寒、耐旱，对土质要求不高，即便在荒芜的深山中，贫瘠的旷野里也能见到它自在的身影。因此菊花常常被用来指代清贫、高洁的名人志士。

陶令

东晋大诗人陶渊明做过彭泽县的县令，故此后人尊称他为陶令。陶渊明是著名的“爱菊狂人”，他不但写菊、颂菊，还种菊、食菊。陶渊明写过很多关于菊花的诗歌，流芳百世，深深影响了一代又一代的诗人。同时，陶渊明还经常研究和食用一些菊花做的美酒和美食，把它们作为强身健体的保健品。

陶令篱边色，

罗含宅里香。

——［唐］李商隐《菊》

罗含

东晋才子，著名的思想家、文学家、地理学家。罗含不慕虚荣、才华横溢、为官清廉，是名震一方的人物。据说在他老年告老还乡时，家里的庭院里的兰花和菊花竞相开放，大家都说这些菊花是因为罗含的品德而开放的。罗含住在茅草屋里，布衣粗食，一直到老。

陶令篱边色，罗含宅里香。
——［唐］李商隐《菊》

《饮酒》

《饮酒》组诗一共有二十首。这组诗里，酒是主角，菊是配角。陶渊明生活在东晋末期，当时社会动荡、官场腐败，他虽然几次出仕做官，但是都失败了。最后他毅然辞官归隐田园，从此远离尘世，以酒和菊相伴到老。创作《饮酒》组诗的时候，正值东晋灭亡之际，陶渊明将自己对国家的忧虑和远离尘世的心态充分描写了出来。

结庐

庐，茅草搭建的房子。在古诗词里，诗人们经常用庐代指房子，表达一种清贫、清雅的意趣，但不一定真的是茅草屋。陶渊明归隐田园后，自己亲手造房子，自己亲自垦荒种粮食，日出而作，日落而息，真正栖身在大自然的怀抱里。

结庐在人境，而无车马喧。

——［晋］陶渊明《饮酒（其五）》

疏篱

自从陶渊明写出“采菊东篱下”的诗句之后，竹篱笆就成为菊花的灵魂伴侣。秋意萧瑟，一丛菊花挺立在院子角落的竹篱笆边，这画面意境悠远，遗世独立。诗人在这里也借用了“东篱”这个典故，表达对陶渊明的仰慕和追随，将自己超然世外的志向传达给读者。

古代的农家院子，一般没有砖石砌成的墙，都是用木头或者竹子扎成一道矮篱笆墙，视野开阔、通风透气。篱笆墙的下面会种上各种花卉和农作物，整个院子洋溢着田园风光特有的浪漫、恬静。而从《饮酒（其五）》这首诗开始，“东篱”就由一个方位词，成为风雅、超脱的代名词。

花开不并百花丛，
独立疏篱趣未穷。
——［宋］郑思肖《寒菊》

暗暗淡淡

这里的暗淡并不是灰暗的意思，诗人用两字叠加的用法，生动地表达一种淡紫色菊花，那是冷色调、不明艳的菊花，却有一种淡雅的含蓄美。

融融冶冶

润泽娇美的颜色。跟上文的暗淡相对应，这四个叠字表达的是一种明黄色，是非常鲜明、活泼可爱的颜色。这两组叠字的形容词，没有一字提到菊花，但是菊花的形象却跃然纸上。

暗暗淡淡紫，融融冶冶黄。

——［唐］李商隐《菊》

质朴亲切的生活良伴

菊花的药用价值自古备受推崇。无论是泡茶、泡酒，还是做成菊花糕、菊花菜，从古至今人们都深信其对健康的益处。菊花可以说是为我们排忧解难的生活良伴。

采菊

陶渊明很注重自然养生，他经常服用一些天然花草调理身体。菊花就是他首选的天然药膳。他种植大量的菊花，除了欣赏之外，还有服用的需要。他经常在清晨采摘带着露珠的菊花，用新鲜的菊花泡酒喝，认为可以延缓衰老。

采菊东篱下，悠然见南山。

——［晋］陶渊明《饮酒（其五）》

就菊花

诗人跟农庄主人预约了重阳节的活动，而这个活动跟菊花相关，这说明农庄里种植了很多菊花。诗人创作《过故人庄》这首诗的时候，可能是春夏之际，菊花还未开放，但是他完全能想象到菊花盛放的美景，因此才发出了愉快的“预约”。而他不说赏菊，却说“就”菊花，含义就丰富了很多，说明不单单是赏菊，也可以是饮菊花酒，还可能是吃菊花糕，总之这是一次跟菊花的约会，读者可以尽情展开想象。

陶渊明享年六十二岁。不过也有学者考证说他实际寿命是七十五岁。但无论是六十二还是七十五，都大大超越了同时代人们的平均寿命。有人说，陶渊明的长寿，是因为他从身到心都做到了归隐田园、散淡洒脱，同时还跟他特别注重养生有关系，菊花对他的健康有着不可抹杀的贡献。事实上，菊花的药用价值我们的祖先很早就认识到了。

待到重阳日，还来就菊花。

——［唐］孟浩然《过故人庄》

鸡黍

从字面看，是炖鸡和黄米焖的米饭。黍，也叫黄粱、黄米，可以做米饭，也可以酿酒，在古代是非常受欢迎的食物。不过诗人在这里不一定单指这两种食物，他可能是用这两个字来形容有很多美味佳肴的农家饭。

无论是眼前的鸡黍，还是期待中的菊花，都是农家最常见的东西。诗人通过这几样元素，勾画出了一幅朴实亲切的农家生活场景。

桑麻

用来喂养蚕的桑树，和用来采集麻纤维的植物。中国是丝绸古国，自古以来都非常重视养蚕、种桑树，很多地区都是靠种植桑树、养蚕、缫丝作为主要的生产活动。因此农桑、桑麻，在古诗文里经常代指所有的农业生产活动。

有一个穷书生，不想耕田受苦，希望享受富贵。一天，他在小饭馆遇到了一个道士，道士给书生一个青瓷枕头让他枕着睡觉。书生睡着后，梦到自己娶了一个富有、美貌的妻子，接着他又入朝做官，享尽荣华富贵。但是后来他遭人陷害，差点被害死在监狱里。他想辞官回家，但是皇帝不允许，后来他老得快要死了，临死的时候突然醒过来，发现这是一场梦。他还坐在饭馆里，店家做的黍米饭还没熟呢。从这个故事中人们总结出了一个成语：黄粱一梦。形容轻易得到的富贵荣华，就像梦境一样虚幻、短暂。

故人具鸡黍，邀我至田家。
绿树村边合，青山郭外斜。
开轩面场圃，把酒话桑麻。
待到重阳日，还来就菊花。
——［唐］孟浩然 《过故人庄》

黄粱一梦

金鹦鹉

鹦鹉螺是一种非常美丽的海洋生物，由于螺壳内隔层的特殊结构，被制成酒杯用来饮酒时，会有奇妙的体验，很助酒兴。因此鹦鹉螺杯成为非常名贵的酒具。诗人在这里暗示，自己愿意成为菊花酒，被盛在鹦鹉杯里送给需要的人享用。

白玉堂

非常豪华、高贵的殿堂，这里暗指朝廷。诗人用比喻的手法表达了期待为国家出力，渴望被重用、被欣赏的心情。同时诗人用菊花酒做比喻，也从侧面传递了菊花酒的功效和价值，说明菊花酒是当时流行和受人喜爱的饮品。

愿泛金鹦鹉，升君白玉堂。

——［唐］李商隐《菊》

鹦鹉杯

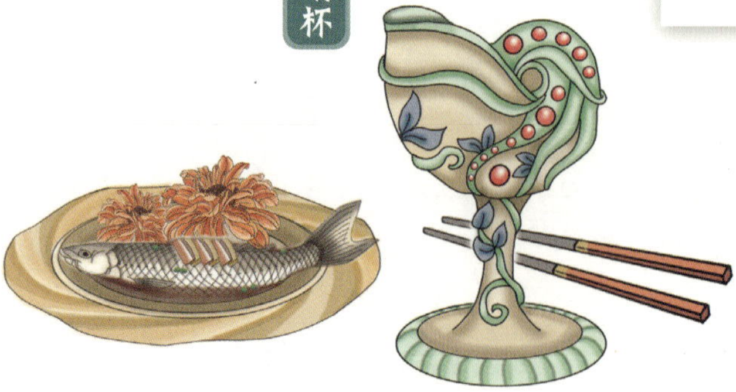

菊花美食

菊花的药用价值很高。据说第一个吃菊花的诗人是屈原，从那时起，食用菊花就经常被记录下来。到今天，中国人用菊花入药、入膳的历史已经长达几千年了。菊花具有散风清热、清肝明目和解毒消炎等作用。这样的好食材，怎么能不让人喜爱呢？

菊花茶

中国人很早以前就开始用菊花泡茶了，但是要泡好一杯菊花茶也不是那么容易。首先泡茶的菊花一定是晒干的，每次不要拿太多，一般三五颗就够了。因为菊花性寒，太浓的菊花茶喝下去身体受不了。泡菊花茶的水水温不能太热，六七十摄氏度就可以，泡了菊

花之后要等五六分钟再喝，这时候菊花的药性才会发散到水里。泡菊花茶的同时，可以加一点枸杞或者红枣，中和一下菊花的凉性。如果想要口感更好一点，可以加一点冰糖或者蜂蜜。

菊花肉丸汤

秋冬季节，没有什么比一碗热腾腾的肉汤更暖心了。而干燥的秋冬季节，用菊花瓣来做汤，不但鲜香可口，而且清热润燥，无疑是一个非常好的选择。具体做法是，将新鲜的食用大黄菊清洗干净，晾干备用。为了汤品好看，尽量不要选用白色菊花。

将鲜肉剁成馅，用蛋清、淀粉、盐、葱姜水等调味，像制作普通肉丸子那样用力搅拌至肉馅黏稠。同时往锅中加清水，有条件的可以用鸡汤代替清水，水开后，将调好味的肉馅做成小丸子下锅，煮至肉丸子漂浮上来，加盐、鸡精和胡椒粉调味，然后将菊花瓣撕下，扔进锅中，就可以关火了。一锅清香四溢、色味俱佳的菊花肉丸汤就做好了。

馆藏

古代名画

《艳秋图》

《艳秋图》是清代画家恽寿平的作品。

恽寿平字正叔，别号南田，是江苏常州人。恽寿平创立常州派，被誉为清朝“一代之冠”，他还是“清初六大家”之一。恽寿平生于明末一个书香世家，他的父辈都是具有高尚情操的有志之士，恽寿平从小耳濡目染，也受到了大量熏陶。

在恽寿平十几岁的时候，明朝灭亡了，为了躲避战乱，他们全家迁徙到了南方，在南方加入了抗清的大军。在反清的战争中，一家子就这样离散了。

后来，恽寿平在杭州灵隐寺遇到了失散的父亲，父亲已经落发为僧。恽寿平毅然投奔了灵隐寺，跟父亲一起过起了晨钟暮鼓的清贫生活，在这时期他刻苦学习绘画、诗文。后来他跟随父亲回到家乡常州，过着卖画为

《艳秋图》

生的日子。虽然生活非常贫困，但是他始终没有参加科举，不做官，也不结交达官显贵，甚至有达官显贵慕名来买画，他也不接待。

恽寿平清贫一生，死的时候无钱下葬，靠朋友们的接济才得以安葬。他选择了清贫的生活，却守住了自己内心的信仰，像父辈一样保持了君子的气节。

这幅《艳秋图》，长 165 厘米，宽 69.7 厘米，是一幅不同于普通花鸟画的大作品，一般的花鸟作品都是小幅的，很多都是扇面画，但是这一幅以菊花为主题的花鸟作品，却流露着雍容华贵、大气磅礴的气质。画面表现了秋天的灿烂，左下角的一丛红叶，从山石下探出头来，似乎在告诉大家，这是百花凋零的秋季，而在它的上方，那一簇簇娇艳的菊花，烂漫而热情地绽放，似乎是一群名人志士在聚会，他们不畏秋霜、寒露，在这凛冬将至的世界里，依然从容地盛放着。

《艳秋图》局部

没骨画法

这幅《艳秋图》所用的绘画技法，既不是工笔，也不是写意，而是没(mò)骨画法。没骨画法也是中国画的一种技法，它介于工笔画和写意画之间。没骨画法最大的特点就是不用墨线勾勒轮廓，直接用颜色点染，画出来的效果柔美而轻盈。没骨画是用墨最少的画种，所以它非常适合画花卉、植物等优美自然的景物。中国没骨画萌芽于南北朝，形成于北宋，但是真正的发扬光大，却是靠清朝恽寿平的努力。恽寿平作为没骨画的一代宗师，借鉴了历代画家之长，又综合了自己的新技法，终于将没骨画推向了历史新高度，使它成为一个名扬天下的画种。

《艳秋图》局部

陶渊明是他的偶像

恽寿平一生画过许多幅菊花，菊花不惧寒霜的气节，隐逸于世外的精神，都是他欣赏的。恽寿平最敬仰的人就是陶渊明，陶渊明隐居深山，与菊花为伴，恽寿平的庭院里也种满了菊花。在他简朴的家里，菊花大概是最奢侈的装饰品了。不但种菊花，恽寿平还写菊、画菊，这幅《艳秋图》里，他亲笔题了一首诗：“秋影住半壁，金风新铸颜。赏心不在远，研北有南山。”这里的南山，就是代指陶渊明的居所，他用这首诗告诉我们，在金风飒爽的日子里，欣赏着花团锦簇的菊花，这种内心的宁静，就仿佛沉浸在陶渊明的境界里。

《艳秋图》局部

第四章 梅花

梅花俊朗的花枝，清秀的花瓣，悠远的香味，就像红颜知己一样，知性温柔、善解人意。在冰天雪地的时刻，它为我们带来关怀和鼓励。

馆藏古诗词

梅花

[宋] 王安石

墙角数枝梅，
凌寒独自开。
遥知不是雪，
为有暗香来。

墙角那几枝洁白的梅花，在严寒里静静地开放。虽然距离远远的，但我就知道那不是雪花，因为有一股淡淡的幽香弥漫开来。

雪梅

[宋] 卢钺

梅雪争春未肯降，
骚人阁笔费评章。
梅须逊雪三分白，
雪却输梅一段香。

梅花和雪花都认为自己是春天的使者，谁也不服谁。文人墨客也无法评判它们：谁更美丽？谁更能代表春天？若要我来评，梅花虽美，洁白晶莹却输给了雪花；雪花虽美，却恰恰缺少梅花独有的幽香。

杂诗三首（其二）

［唐］王维

君自故乡来，
应知故乡事。
来日绮窗前，
寒梅著花未。

墨梅

［元］王冕

我家洗砚池头树，
朵朵花开淡墨痕。
不要人夸好颜色，
只留清气满乾坤。

亲爱的朋友，你从我的家乡来，你应该知道一些我家乡的事吧？我家那扇雕着花的小窗下面的梅树，你来的时候，它开花了吗？

在我家清洗砚台的水塘边，有一棵梅树，它开的梅花都带着淡淡的墨色，似乎是用毛笔点画出来的。它不要人夸色彩美丽，它只要把清雅的墨香留在天地间，就足够了。

陪姚使君题惠上人房

[唐]孟浩然

带雪梅初暖，含烟柳尚青。
来窥童子偈，得听法王经。
会理知无我，观空厌有形。
迷心应觉悟，客思未遑宁。

初春的暖意刚刚到来，梅花上的雪还没化，柳树已经吐出嫩嫩的绿芽。我陪着姚使君来聆听童子诵经、高僧讲佛法。懂得了佛理才知道一切都是虚空，对实体有了厌弃的心。迷惑的世俗心应该悟道，游子的思绪却没有安宁下来。

山园小梅（其一）

［宋］林逋

众芳摇落独暄妍，占尽风情向小园。
疏影横斜水清浅，暗香浮动月黄昏。
霜禽欲下先偷眼，粉蝶如知合断魂。
幸有微吟可相狎，不须檀板共金樽。

百花都凋落的时候，唯独梅花千娇百媚，小花园的风情都被它一枝独占。几根枝条疏朗地横斜在清浅的水塘上，若有若无的幽香浮动在月下的黄昏。寒鸟想落在枝上，先低头偷看一眼，蝴蝶如果知道寒冬里有如此美丽的花朵，应该会失魂落魄。幸而我可以吟诵为它写的诗歌，以此来亲近它，而不是只能远远坐着，打着檀板唱歌，举着酒杯欣赏它。

南安军

［宋］文天祥

梅花南北路，风雨湿征衣。
出岭同谁出？归乡如此归！
山河千古在，城郭一时非。
饿死真吾志，梦中行采薇。

走在这条开满梅花的南北之路，风雨打湿我的战衣。走出梅岭时的伙伴现在哪里？没想到我归乡之路却是这样的方式。祖国的山河千古永存，城池只是一时落入敌寇手里。我的志愿是绝食而死殉国，我做梦都想效仿伯夷，为保持名节在深山吃野菜、野果。

卜算子·咏梅

［宋］陆游

驿外断桥边，寂寞开无主。
已是黄昏独自愁，更着风和雨。
无意苦争春，一任群芳妒。
零落成泥碾作尘，只有香如故。

驿站外的断桥边上，不知谁种的一丛梅花，寂寞地开放着。在这个凄凉的黄昏，孤独无依，还要遭受风雨的吹打。梅花从来不想用心机去争奇斗艳，任凭百花嫉妒和排斥。即便随风飘落被碾成泥，那股幽香依然萦绕在我们脑海。

馆藏

博物知识

梅花

梅花是中国的古老花卉，人工种植已经有三千多年历史了，它被誉为中国十大名花之首。梅花的花期在冬天，因南北气候差异和地势不同，各地花期略有不同。万物凋零的冬天，只有梅花一枝独艳，为冬日萧索的大地送来一抹暖色，也向人们传递了早春的消息。梅花开过以后，春天的脚步才开始临近。

梅花的枝干疏朗多姿，花香浓郁悠长，自古就受文人墨客的喜爱，人们赏梅、写梅、画梅早就形成传统，梅花跟松树、竹子一起，并称为岁寒三友；梅花跟兰花、菊花、竹子一起，并称为国画四君子。

梅花不但有秀丽的外形，它的果实——梅子也非常酸爽可口，在几千年前就是中国人喜爱的食品，经常用在祭祀和招待贵客的重大场合。梅花对土壤要求不高，所以全国各地都能生长。梅花还是武汉、南京、无锡、梅州等十几个城市的市花。

秀外慧中的红颜知己

梅花具有知性的美，如果将它比喻成女性，它俊朗的花枝，清秀的花瓣，悠远的香味，就像红颜知己，温柔、善解人意。在冰天雪地的时刻，它傲雪盛开，为我们带来关怀和鼓舞，就像红颜知己在我们情绪低落时送来慰藉。

绮窗

雕刻精美花纹或者描绘精美装饰的窗户。在古代，卧室、女眷们居住的房间等内宅，装饰都会比较富丽柔美，会有雕刻精美花纹的窗户。因此提到绮窗，一般是指闺房或者夫妻共同的卧室等房间的窗户。

寒梅

诗人在这首诗中刻画了一位远在异乡思念妻子的人物，但是他并没有直接提到妻子，甚至没有提到思念。只是含蓄而淡然地问起窗前的这株梅花，我们由此可以联想到那梅花掩映的窗户里，一定住着他思念的人。而这个人跟他一样，都喜爱窗前那株梅花。

来日绮窗前，寒梅著花未。

——［唐］王维《杂诗三首（其二）》

暄妍

在诗人眼中，梅花是柔美、明媚的，就像一位美人。他并没有刻意强调梅花凌雪盛开的刚强，也没有强调梅花特立独行的傲骨，反而描述了梅花风雅、天然的美。这也为梅花诗开辟了另一种重要的思路。

小园

林逋在西湖边的孤山上，修了一个小院子，据说他在院子周围种植了三百六十五棵梅花树，象征他对梅花的爱和欣赏天天不间断。诗人从四十多岁直到去世，一直居住在这座梅花环绕的小院子里。

众芳摇落独暄妍，

占尽风情向小园。

——［宋］林逋《山园小梅（其一）》

霜禽

寒冬的鸟儿，也有人说这是特指诗人豢养的白鹤。林逋种植了漫山梅树，还精心豢养了两只白鹤。林逋没有娶妻生子，梅花和白鹤伴随了他的一生，后世人说他是将梅花当成自己的妻子，将白鹤当成自己的儿子。霜是洁白的意思，霜禽就是颜色洁白的鸟，正是白鹤的色彩。

林逋居住在孤山的时候，经常出门去西湖边的寺庙拜访僧人，如果他出门时家中有客来访，他的仆人就会放出白鹤，白鹤飞到西湖上空盘旋、鸣叫，就像孩子催促大人一样催促林逋回家。林逋远远看到飞翔的白鹤，就会立刻告辞，驾着小舟回家接待朋友。至今，在杭州西湖的孤山岛上，还有一座放鹤亭，就是后人为纪念林逋和他的白鹤而修建的，表达了大家对于“梅妻鹤子”浪漫生活的欣赏和向往。

霜禽欲下先偷眼，
粉蝶如知合断魂。
——［宋］林逋《山园小梅（其一）》

横斜

“疏影横斜水清浅，暗香浮动月黄昏。”这一句诗非常形象地描述了梅花风情万种的形态。梅树的枝条斜斜地伸向水面，月光下，水中梅树的倒影清晰而优美。梅花的神韵和气质都在这一句里描写了出来。这是诗人对梅花观察入微、热爱至深的证明。

暗香

诗人用暗香形容梅花的香味，是神来之笔。因为寒冬里开放的梅花，香味不可能是浓烈和扑鼻的，它的幽香浮动在寒风里，是一种似有似无的清冽，尤其在冬日的月下，苍凉的湖水边，一切景物都变得朦胧的时刻，这暗香显得格外珍贵、淡雅。

浮动

因为梅花的枝条伸向水面，所以梅香就像漂浮在水面的薄雾，把月光下的湖水都染上香气。诗人用浮动来形容梅花的香气，这两个字对应横斜，描述非常独特而贴切，正是这优美的描述，让《山园小梅（其一）》这首诗成为梅花诗的千古佳作，在诗坛占据不可撼动的位置。

疏影横斜水清浅，
暗香浮动月黄昏。
——［宋］林逋《山园小梅（其一）》

不畏强权的真性情

梅花是秀美的，但同时也是倔强、勇敢的。古往今来，诗人们用它来倾诉自己远大的志向、高洁的品格。在诗人笔下，梅花不向恶势力低头，不向权贵折腰，即便身处逆境，也勇敢地保持自己的正直和真诚。

墙角

王安石在诗句中用“墙角”这个方位词，来强调梅花所处的位置非常隐蔽、不起眼。创作这首诗的时候，王安石正在被罢官期间，他提出的政治主张得不到采纳，自己隐退回到家乡。他将自己比喻成高洁的白梅花，处于一个无人关注的冷清角落。

墙角数枝梅，
凌寒独自开。
——［宋］王安石《梅花》

驿外

古代的驿站一般都在人迹罕至的荒山野岭中，因为附近没有居民，所以要特别设立驿站为来往车辆和旅人补充给养。词人开篇就点出驿站、断桥，用它们来营造艰苦、荒凉的环境，为接下来描述梅花做铺垫。

愁

陆游生活在南宋，但是北宋灭亡的耻辱一直啃食着他的心灵。他对昏庸、软弱的南宋王朝，充满了怒其不争的情绪。陆游从二十多岁踏入政坛，直到八十多岁去世，一生都在为收复中原奔走、努力，甘愿放弃荣华富贵，过着不被重用、不被关注的日子，付出了惨痛的代价。可惜，直到他去世都没有盼来收复中原。

驿外断桥边，寂寞开无主。
已是黄昏独自愁，更着风和雨。
——［宋］陆游《卜算子·咏梅》

群芳妒

陆游用群芳代指南宋王朝主张议和的权贵们。陆游坚持收复中原，打击侵略者，为此他遭到以秦桧为首的朝中权贵的打压和排挤，他希望带兵亲自去前线抗金，但是朝廷却一直不给他这个机会，并且屡次对他撤职、降职，试图让他回心转意，但是陆游坚决不向权贵低头，更不改变自己的理想。这首词抒发了他忧国忧民的情怀，以及不向投降派屈服的坚持。

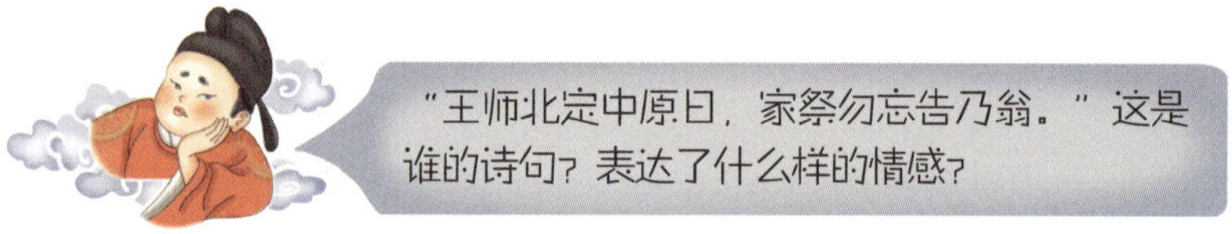

香如故

陆游一生最爱梅花，不仅仅是因为梅花凌霜傲雪、不畏严寒，还因为自己就像倔强坚强的梅花，敢于跟昏庸的势力分庭抗礼。他格外欣赏梅花硬朗的枝条、秀美的花瓣，以及清冽、悠远的芬芳。这芬芳就是梅花的灵魂，花瓣可以被狂风吹落，被碾作尘土，但是清冽的芬芳永存世间。就像一个战士，肉体可以被消灭，不屈的灵魂却永远向敌人怒吼。这首词的最后一句是经典名句，因为它表达了无数爱国志士的心声。

卜算子是一个词牌名，卜算子本来意思是占卜算卦。一说唐代大诗人骆宾王写诗喜欢用数字，一首诗写下来就像算卦一样，于是有人送他一个外号“卜算子”。后来有人用这个外号作了一首词，词牌名就叫卜算子。于是这个词牌就正式流传开来。

无意苦争春，一任群芳妒。
零落成泥碾作尘，只有香如故。
——[宋]陆游《卜算子·咏梅》

一时非

文天祥创作这首诗的时候，已经被俘，正在被押送回元大都受审。此刻走在这条路上，周围的城池都已经换上了元朝的旗帜，但是他来的时候这江山还是宋朝的。他用“一时”来表达对元军的蔑视，对自己光复祖国充满着信心。

梅花南北路，风雨湿征衣。
出岭同谁出？归乡如此归！
山河千古在，城郭一时非。
饿死真吾志，梦中行采薇。
——［宋］文天祥《南安军》

梅花南北路

大庾岭上的梅关古道，是古代中原通往岭南的必经之路，也是军事上的咽喉之地。这条南北走向的古驿道，因为盛产梅花，并且连接中原和岭南，有许多文人墨客在此留下诗句。但是文天祥在这里用梅花开篇，却不是为了表达美景，而是用梅花的凌寒怒放来表达不向外族屈服的坚强意志和强烈的爱国情怀。

大庾岭位于江西省和广东省交界，作为隔绝岭南和中原的屏障，大庾岭不但是著名的交通要道，也是著名的风景区。这里的气候和水土都特别适合梅花生长，岭上自古就种植了大量梅树，梅关古道也因此得名。这里梅花品种很多，有“中国四大探梅胜地”之誉。每当进入冬季，白梅、红梅等不同品种的梅花次第开放，花期长达数月之久，吸引了络绎不绝的游客前来参观。

真吾志

文天祥在这次被押送中，曾绝食以明志。被俘一年后，宋朝灭亡，他更加下定决心不苟活于人世。被押回元大都后，敌人一方面许诺他高官厚禄，一方面让他女儿写信劝说他投降，文天祥含泪给女儿回信，表达了不屈服的决心，以及一个父亲的愧疚。被关押了三年后，文天祥终于被敌人杀害。

商朝有兄弟两人，哥哥叫伯夷，弟弟叫叔齐。周武王灭掉商朝时，他们为了躲避周朝的统治，就躲进了深山。他们靠采集野菜为生，宁愿挨饿也不吃周朝的粮食，后来真的饿死在深山里。后人被他们的忠诚感动，用他们的故事来鼓励那些忠义勇士，由此产生了一个成语“不食周粟”，意思是宁愿饿死、过艰苦的日子，也绝对不向自己的敌人伸手要粮食。

采薇

采集野菜为食，这里并不是真的去野外采集野菜，诗人在这里用采薇这个典故来说明自己要学习古人以死报国，决不屈服的精神。

饿死真吾志，梦中行采薇。

——［宋］文天祥《南安军》

故乡的早春记忆

梅花对土壤、气候要求不高，所以深受老百姓喜爱，古时普通人家房前屋后都会种植梅树。有庭院的家庭更是梅树成林、梅花如云。梅花虽然在一片冰雪的冬天盛开，但是它却向人们传递了早春的消息。所以在古诗词里，梅花跟故乡和早春是分不开的。

白

梅花晶莹俏丽，盛开在大雪纷飞的季节，梅和雪同样作为寒冬将尽、早春将来的信号，是生机勃勃的代言人，自古就经常被诗人拿来做对比。白梅和雪，更是经常一起出现，互相映衬、引发联想。诗人在这里也用了这种写作手法，从色和香来对比二者，显得生动、有趣。

香

无论是“为有暗香来”还是“输梅一段香”，诗人都营造了白梅和白雪交相辉映的画面效果，而这个圣洁、旷远的画面，因为梅花的存在，又多了一层嗅觉的体验。这一缕飘散出画面的清香，为画面注入了灵魂，使梅花活了起来，是诗人希望传达的梅花魂。

中国老百姓很喜欢在院子里种梅树，很多诗人的故乡记忆都有梅花的身影。卢钺的《雪梅》和王安石的《梅花》都将雪和梅做了对比，前者是通过具体描写，点出了梅花和雪花“色”和“香”的不同，后者则通过观看角度的不同，含蓄地描写出了梅花和雪花的不同。前者的描写生动直接，引人共鸣，后者的描写含蓄曲折，让人深思，这两种写法都使用身边最熟悉的事物巧妙地表达了自己的情怀。

梅须逊雪三分白，
雪却输梅一段香。
——［宋］卢钺《雪梅》

故乡

安史之乱后，王维隐居孟津，跟家人分开两地，对故乡的思念，使他创作了这组《杂诗三首》。但诗歌里的第一人称，不一定是诗人本人，诗人只是借用这位思乡情深的人，对故乡的情况进行急切的探问。看似不经意，却用情至深。

君自故乡来，
应知故乡事。
——［唐］王维《杂诗三首（其二）》

带雪梅

诗人特意用落在梅花上的雪，描述早春的景色。早春的雪花落在梅花的花瓣上，被太阳照得暖暖的，预示着春天就要来到了。

带雪梅初暖，含烟柳尚青。

——［唐］孟浩然《陪姚使君题惠上人房》

我家

诗人在这里特指王羲之家。诗人创作《墨梅》这首诗的时候，就居住在绍兴会稽山下，在王羲之的故居附近。王冕仰慕王羲之的才华，因自己也姓王，故此将自己和王羲之比作一家。

洗砚池

清洗砚台和毛笔的池塘。古人没有自来水，写字画画用过的毛笔，都在水池里清洗，久而久之，池塘里的水就被墨给染黑了。

东汉书法家张芝，自幼刻苦练习书法，他父亲专门在水池边修了一条石台，当作书桌供他练字，他每次写完字就在水池里清洗自己的砚台，久而久之，水池的水就变成黑色了，被称为墨池。王羲之特别仰慕张芝的书法，于是他也经常在池塘里洗砚。后来，人们就用“临池”来形容对书法艺术的执着追求。

我家洗砚池头树，
朵朵花开淡墨痕。
——［元］王冕《墨梅》

淡墨

梅花一般是红色或白色的，淡墨色的梅花是不存在的，它只存在于画家的笔端。但是诗人却用比喻的手法，描写了开在洗砚池边的梅花，带着淡淡的墨色，他用这种不同凡俗的色彩，表达自己高洁超脱的精神理想。

清气

诗人在这里不说香气，却说清气，与其说他说的是梅香，不如说是墨香。清气烘托出梅花超然世外、不为人间凡俗所打扰的独特气质。诗人创作这首诗的时候，独居在江南，正当元末，社会动荡、天下大乱，他希望自己像梅花一样遗世独立，远离世间的纷扰。

我家洗砚池头树，朵朵花开淡墨痕。

不要人夸好颜色，只留清气满乾坤。

——[元]王冕《墨梅》

梅子美食

梅花清秀，梅子可口。每当梅花落尽，清脆酸爽的梅子就登场了，满树的果子，不知道慰藉了多少人。梅子这款古老的水果，可以说是中国人的老朋友。在历史上，作为调味料的梅子，跟盐的地位不相上下。现在很多经典菜肴里，梅子还是重要的调味品呢。而加糖腌制的梅子，是一款酸甜可口的开胃小零食，让人一想起来就口舌生津。那么，下面我们就来见识一下梅子多变的美味吧。

酸梅汤

梅子做饮料古已有之，到了宋代，用梅子做的酸梅汤，口味就跟今天的酸梅汤很接近了。到了清朝，酸梅汤风靡了整个京城，并且迅速在全国流行起来。夏天的大街上，到处都是卖酸梅汤的小店。

酸梅汤用的乌梅，是用青梅或者黄梅经过风干和烟熏后制成的，这是制作酸梅汤的主要原料。准备好乌梅

后，还要准备一些山楂干、陈皮、桂花和甘草等，然后将这几样材料跟乌梅一起炖煮就可以了。煮好后加入冰糖调味，酸梅汤就做好了，冰镇后的酸梅汤口味最佳。

酸梅汤跟普通饮料最大的不同是，它不但具有饮料酸甜可口的口感，它还具有生津润喉、解暑去烦的功效。酸梅汤可以缓解夏天身体不适。酸梅汤就是一款药食同源的夏日良伴。

糖渍脆梅

取刚摘的新鲜青梅，清洗干净，擦干水，撒盐，再用力揉搓一会，让盐分把青梅的清香味激发出来，然后冲洗掉盐。准备一个密封罐，将冲掉盐的青梅放进去，然后注入浓浓的白糖水，封好盖子，腌制三天，脆甜酸爽的青梅就做成了。密封罐可以放进冰箱，这样青梅吃起来口感更好。

馆藏

古代名画

《墨梅图》

《墨梅图》

王冕出身于普通农民家庭，小时候的他总是在放牛、做农活之余刻苦读书，他每天晚上都去寺庙里，借着寺庙的长明灯通宵读书。他本来以为可以凭自己的才华考中功名，但是他生活的元朝末年，政治黑暗，朝廷腐败，王冕一气之下放弃科举，隐居在自己的家乡，种梅、赏梅，创作梅花诗和梅花图，以卖画为生。他每天勤奋作画，终成流芳百世的诗画大师。

《墨梅图》长约五十厘米，宽约三十厘米，现藏于北京故宫博物院。王冕一生画过很多梅花，这幅画却是他的代表作品。为什么呢？因为王冕画的梅花，大部分是繁花似锦的风格，浓密的花朵和交错的枝条布满画面，形成芳香满怀的馥郁感。但是这一幅梅花图却刻画了几支疏朗而刚直的枝条，几簇柔美的淡墨小花，整个画面有大块的留白，显得清新、淡雅，而在画面上，他自己亲笔题写了《墨梅》这首诗。所以我们能感受到诗的意境在画面里得到充分的表达，这枝梅花柔美却不柔弱，孤单却自由舒展，就像画家自己的人格写照。这幅画是诗画同源的最好注解。

因为年代久远，王冕的《墨梅》诗有几个不同版本流传，课本里的诗文和画面上题诗的诗文有微小差别，并不影响理解和阅读。这幅看似简单的墨梅图，其实蕴含了一段深刻的历史事实，我们来了解一下吧。

以梅明志

这种纯粹用水墨画梅的技法起源于北宋一位山野僧人，后来经过其他画家的不断完善，形成了墨梅流派。但是这个流派一直不太流行，大家普遍还是喜欢精致富丽的“官梅”。宋朝灭亡以后，元朝统治者残暴的统治、对文化的入侵，激发了知识分子们强烈的抵触情绪，这时候墨梅被大量创作出来，因为自由疏旷的墨梅不但抒发了遗世独立的清高，也表达了决不合作的坚强。而王冕就是这一流派的代表人物，王冕一生写过上百首梅花诗，创作过大量的墨梅图，他不但在这幅画里借用洗砚池这个典故，表达了决不同流合污的决心，在另一幅梅花图里他还这样题诗：“疏花个个团冰玉，羌笛吹他不下来”。羌笛就是指元朝统治者，梅花是他比喻自己，他用这首诗表明自己绝对不会跟元朝统治者合作的决心。

村梅

《墨梅图》纯粹用墨勾染而成，浓墨勾出潇洒飘逸的枝条，饱含水分的淡墨染出一朵朵饱满娇嫩的花瓣，接着用重墨点出花心。整幅画不着一色，却浓淡分明、层次丰富，显得清雅、疏旷。但是这种风格却被宋徽宗讥讽为“村梅”，意思是乡野的、没有高深的艺术成就的。与此相对应的是“官梅”，是北宋宫廷画师在宋徽宗的倡导下，用勾线、设色等多种技法画的梅花。“官梅”色彩鲜艳，工整精致，每一笔都是精心设计过的。“村梅”和“官梅”，非常形象地说明了两种截然不同的阶级立场。

《墨梅图》局部

索 引

（馆藏博物知识）